Début d'une série de documents
en couleur

# COUVERTURES SUPERIEURE ET INFERIEURE D'IMPRIMEUR

Fin d'une série de documents
en couleur

# LES DANGERS

# DE L'ÉTOURDERIE.

7ᵉ SÉRIE IN-12.

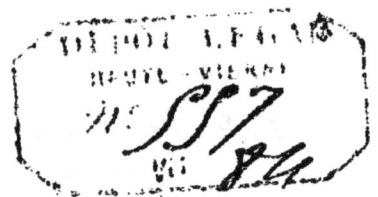

Le meunier le poussa rudement dans
son moulin.   (P. 33.)

# LES DANGERS

## DE

# L'ÉTOURDERIE

TRADUIT ET IMITÉ

## DU CHANOINE SCHMIDT.

LIMOGES
EUGÈNE ARDANT et Cie, ÉDITEURS.

# LES DANGERS
# DE L'ÉTOURDERIE

---

## CHAPITRE I.

Valentin Weber n'était point un enfant d'un mauvais caractère. Il avait les
plus heureuses dispositions pour l'étude,
et le germe de toutes les qualités aima-
bles qui font le bonheur des hommes
dans le commerce de la vie. Son excellente mémoire, son esprit vif et pénétrant,
sa générosité, son bon cœur, le faisaient
remarquer parmi tous les enfants de son
âge, et promettaient d'en faire un jour
un homme très distingué. Malheureuse-

ment il n'y a jamais, comme on dit,
beaucoup dé lumière sans beaucoup
d'ombre : aux plus précieux dons de la
nature, Valentin joignait une incroyable
légèreté d'esprit, qui donnait à ses parents de tristes inquiétudes pour l'avenir;
il manquait absolument de prudence et
de réflexion, n'écoutant jamais que ses
caprices, disant, faisant tout ce qui lui
passait par la tête, et incapable de se
rendre aux raisons les plus sages, non
par opiniâtreté, mais par fougue et par em-
portement.

Ce malheureux défaut lui attirait souvent de fâcheuses aventures. Un jour, par
exemple, il avait formé avec quelques
camarades le projet d'aller à un petit
village, à une lieue et demie de Dresde,
pour s'y régaler de fruits et de laitage.
Après une heure de marche, Valentin
s'arrête tout-à-coup :

— Mes amis, dit-il à ses compagnons, voyez-vous là-bas le village avec ses toits rouges qui brillent à travers les arbres? dans un quart d'heure nous y serons; mais pour abréger notre route, et la rendre plus agréable, il nous faut descendre dans ces prairies et suivre les bords de l'Elbe : nous aurons le plaisir de marcher sur l'herbe fraîche et molle, et d'arriver encore plus tôt.

— Belle idée que tu as là! répond un des camarades, moins âgé mais plus sage que Valentin; ne vois-tu pas que ces prairies sont basses, et qu'il n'est pas sûr de les traverser? ces joncs et ces hautes herbes, dont elles sont couvertes, prouvent qu'elles sont souvent noyées par les débordements du fleuve. C'est un terrain humide et mouvant dans lequel on peut s'enfoncer à chaque pas. Ce n'est vraiment pas la peine de changer de route, surtout quand nous sommes presque arrivés.

Cet avis était bon, mais Valentin n'était pas d'humeur à revenir sur un premier mouvement.

— Suive la grande route qui voudra! s'écrie-t-il; pour moi, je n'hésite pas, et je suis sûr d'arriver avant vous.

A ces mots, il franchit le fossé qui borde le chemin, et le voilà courant à travers les prairies. Quoique le terrain fût marécageux, il n'était pourtant pas impossible d'éviter les accidents : mais pour cela il fallait marcher avec précaution, et c'est à quoi Valentin ne songeait pas le moins du monde. Il courait le nez en l'air, sans regarder où il mettait les pieds : aussi avait-il fait à peine cent pas dans les prairies, qu'il s'enfonça jusqu'aux oreilles dans un trou caché par de hautes herbes.

Ses petits camarades, qui le suivaient des yeux pour voir ce qui arriverait, s'empressèrent d'accourir à son secours. Ce ne fut pas sans peine qu'ils parvinrent à le retirer du fossé profond où il était tombé. Il en sortit, non-seulement trempé jusqu'aux os, mais encore tout couvert d'une boue noire et épaisse.

Que faire dans ce pitoyable état? Aller jusqu'au village, comme le lui conseillaient ses camarades, et là se déshabiller dans la maison d'un paysan, pour faire sécher ses habits. C'était assurément le parti le plus sage; le village était tout près : en quittant ses vêtements mouillés, Valentin évitait peut-être une grave maladie; mais, en tout cas, il eût évité la honte de rentrer à la ville dans un costume qui devait lui attirer les moqueries et les huées sur son passage. Un autre n'aurait pas hésité : Valentin fit tout le contraire de ce que le simple bon sens lui conseillait; à peine fut-il hors du fossé, qu'il tourna brusquement le dos à ses camarades et courut comme un fou vers la ville.

De cette manière il perdit le plaisir qu'il s'était promis à la campagne, gâta celui de ses compagnons, et n'arriva chez lui qu'à travers les cris d'une foule d'enfants qui riaient de sa mésaventure. Une réprimande sévère qu'il reçut de ses parents fut le dernier fruit de cette imprudence.

Tel était Valentin; chaque jour il faisait de pareilles folies. Son père, loin de montrer une coupable indulgence à son égard, suivait à la lettre ce précepte de l'Écriture : l'imprudence est liée au cœur de l'enfant, et c'est la correction qui l'en détache; mais le soin de ses affaires et ses fréquents voyages ne lui permettaient pas de surveiller son fils d'aussi près qu'il l'eût voulu. La plupart du temps Valentin n'avait que sa mère pour le corriger; elle était faible comme le sont en général toutes les mères, et l'amour qu'elle avait pour son fils l'empêchait de s'en faire craindre.

Valentin, comme nous l'avons dit, n'avait point un mauvais cœur; cependant il n'était aimé de personne. Sa légèreté, son babil, ses plaisanteries, ses grimaces le rendaient insupportable à ses maîtres, dont il troublait les leçons et lassait la patience. On ne lui épargnait pas les punitions; mais le peu de réflexions utiles qu'elles lui faisaient faire était bientôt perdu pour lui : son étourderie naturelle reprenait le dessus et l'entraînait à de nouvelles sottises. Ses camarades n'avaient pas moins à se plaindre de lui : il se permettait à leur égard des plaisanteries quelquefois bouffonnes, mais le plus souvent amères et mordantes, qui les blessaient cruellement. Son intention n'était sans doute pas de leur causer de la peine, seulement son esprit railleur l'emportait au-delà des bornes; il s'apercevait de suite de ses torts, mais trop tard pour les autres et inutilement pour lui-même, puisqu'il ne s'en corrigeait pas.

Un jour il vit arriver dans son collége un jeune garçon appelé Frédéric Stillmann. C'était un enfant doux, laborieux, modeste et fort bien élevé, mais timide et un peu craintif. Valentin, qui ne se plaisait qu'à donner à ses camarades des noms plaisants ou ridicules, se mit aussitôt à railler le nouveau venu sur son air grave et taciturne. Un livre de géographie, qu'il venait de lire, lui fournit le sobriquet dont il crut devoir baptiser son nou-

veau camarade; il l'appela empereur des
Indes, roi des terres et des mers, cousin
du soleil et de la lune, seigneur de l'éléphant blanc et des vingt-quatre parasols.

Frédéric Stillmann, qui ne connaissait
point les habitudes de Valentin, fut ex-
trêmement piqué de cette plaisanterie, qui
l'avait rendu la risée de ses camarades. Il
ne se fâcha pourtant pas, mais il prit à
part le diseur de bons mots et lui demanda poliment ce qui avait pu lui mériter cette étrange apostrophe. Tout autre, à la place de Valentin, se fût empressé de répondre à ces représentations
douces et modérées, qu'il n'avait point eu
l'intention de le blesser par ses plaisanteries, et qu'il s'en abstiendrait à l'avenir,
puisque ce badinage paraissait lui déplaire. Mais notre étourdi était bien
éloigné de cette politesse. Lorsque Fré-

déric eut fini de parler, il ne trouvà rien
de mieux que de lui rire au nez et de lui
tourner le dos pour toute réponse. L'autre en conclut naturellement qu'il avait
affaire à un sot mal appris, dont il devait
désormais fuir la présence.

Quelques jours après cette aventure,
un négociant de la ville donna une petite
fête pour célébrer le jour de naissance de
son fils et l'entrée au collége de Frédéric
Stillmann, dont le père était un de ses
grands amis. Plusieurs condisciples de
son fils furent invités à cette réunion de
famille, et Valentin fut du nombre.

Ils étaient tous arrivés ; Frédéric seul
manquait encore, et on l'attendait pour
commencer les jeux : cependant Valentin
faisait mille farces pour égayer ses petits
camarades, qui trouvaient parfois que ses
plaisanteries allaient un peu loin.
Edouard, le fils du maître de la maison,

avait reçu de son père une fort jolie
canne d'un bois flexible, et ornée d'une
pomme d'argent d'un travail délicat : il
la fit voir à ses amis. Valentin s'en servit
d'abord pour distribuer à droite et à gau-
che quelques coups sur le dos de ses camarades, qui se seraient bien passés de
cette gentillesse ; puis, montant sur une
table, il se drapa comme un docteur en
chaire et se mit à parodier le geste, le
ton et les paroles de son professeur de
physique, en disant :

— Chers et honorables auditeurs, si
vous m'accordez votre attention j'aurai
l'honneur de vous exposer, de vous dé-
montrer, de vous rendre sensibles et con-
nues certaines vérités que je dois à la
science et à mes longs travaux. Il s'agit
des propriétés des corps. Déjà, dans mes
précédentes leçons, je vous en ai fait
connaître quelques-unes : aujourd'hui je

veux vous parler des corps élastiques.
Quelle est, Messieurs, la propriété des
corps élastiques? c'est l'élasticité. Mais
qu'est-ce que l'élasticité? c'est la propriété qu'ont certains corps, plus que
d'autres, de revenir à leur première
position dès que la force étrangère qui
les en a fait changer les abandonne à
eux-mêmes. Vous me comprenez? bien.
Maintenant, passons à la démonstration
sensible. Je dis que cette canne est un
corps élastique, et je le prouve : la voici
droite, je la ploie en cercle. Si je la laisse
aller, que fera-t-elle? vous le savez déjà,
Messieurs, elle se redressera d'elle-même
et reprendra sa première position; car
elle est élastique, et c'est ce que vous
voyez. Répétons notre expérience.

A ces mots, l'opérateur voulut ployer
une seconde fois la petite canne; mais il
s'y prit avec si peu de précaution, qu'elle

se rompit entre ses doigts. Cette maladresse lui fit monter le rouge au visage :
Edouard vit avec peine sa jolie canne en
morceaux ; mais il était trop bien élevé
pour faire à Valentin le moindre repro-
che et pour manifester ses regrets : ses
camarades le firent pour lui et blâmèrent
Valentin de ses drôleries, qui finissaient
toujours mal. Il demeura quelque temps
confus et déconcerté, sans trouver un
seul mot à dire ; mais sa honte ne fut pas
de longue durée : il se laissa bientôt aller
à de nouveaux accès de bouffonnerie ; et
au lieu de chercher à s'excuser auprès de
son ami, ou de le consoler, il ne pensa
qu'à faire oublier cet accident par d'autres plaisanteries du même genre.

Comme il était en train de faire ses
extravagances, Frédéric Stillmann entra
dans la salle ; Valentin courut au-devant
de lui en s'inclinant jusqu'à terre pour

imiter la manière de saluer des Orien-
taux, et lui dit du ton le plus emphati-
que et le plus divertissant :

— Salut, glorieux empereur des Indes, roi des terres et des mers, cousin du
soleil et de la lune, seigneur de l'éléphant
blanc et des vingt-quatre parasols.

Cette ridicule incartade fut un coup de
foudre pour le pauvre Frédéric; il resta
immobile, sans pouvoir dire une seule
parole, et le visage couvert d'une vive
rougeur. Ses camarades ne purent s'empêcher de rire aux éclats de la plaisanterie de Valentin. Croyant alors que
c'était un parti pris par eux de le tourner
en ridicule, et de s'amuser à ses dépens,
Frédéric sortit de la salle. Le père
d'Edmond venant à entrer dans ce moment, sut ce qui était arrivé, et courut
après le fugitif, pour le ramener auprès
de ses camarades. Il y parvint à force

d'instances, et fit à Valentin une réprimande sévère, avec menace de se plaindre à ses parents, s'il faisait encore de
pareilles folies. L'étourdi reconnut ses
fautes et promit d'être plus sage ; mais
ses efforts pour faire oublier à ses deux
camarades la peine qu'il leur avait causée ne furent point heureux. Il se montra
lourd et maladroit dans ses excuses,
contraint et gêné dans les amusements
qui suivirent. D'ailleurs ses camarades
craignaient toujours quelque nouvelle
maladresse de sa part. La joie qu'ils
s'étaient promise de cette fête fut gâtée,
et ils se séparèrent plus tôt qu'ils ne l'au-
raient fait, si Valentin ne s'était pas
trouvé parmi eux.

C'est ainsi que sa légèreté portait par-
tout le désordre avec elle, et donnait à
ses amis la plus mauvaise opinion de son
cœur et de son esprit.

# CHAPITRE II

Les défauts de Valentin grandirent avec l'âge et prirent chaque jour un caractère plus sérieux. Il avait quatorze ans ; son père crut alors devoir l'envoyer à l'université de Iéna, pour y terminer ses études. Il espérait que le changement de pays et le désir de s'instruire le rendraient plus sage et plus réfléchi. Valentin fut au comble de la joie. Au jour marqué pour son départ, il quitta la maison paternelle sans verser une seule larme ; ses parents l'accompagnèrent à quelques lieues de Dresde, et lui firent sur toute la route les recommandations les plus touchantes et les plus sérieuses. Sa mère, justement alarmée des dangers qu'il allait courir et des mauvais exemples qu'il trouverait dans une ville d'étudiants, le pria tendrement de se corriger de son étourderie, qui lui avait déjà fait tant de mal et qui lui en ferait plus encore à mesure qu'il avancerait dans la vie. Elle parlait avec son cœur de mère et pleurait en embrassant ce fils qui lui causait tant d'inquiétude. Son père joignit ses prières à celles de son épouse, et ses exhortations n'étaient ni moins tendres ni moins pressantes. Valentin parut touché; il promit de se conformer à leur désir, et les quitta en leur laissant cette assurance.

Arrivé à Iéna, il se rendit chez un négociant, ami de son père, qui était chargé de veiller sur sa conduite et de pourvoir à ses besoins. Conduit chez le recteur, Valentin répondit à ses questions de manière à lui donner une idée assez

avantageuse de son esprit, et à lui ins-
pirer de l'intérêt. L'ami auquel son père
l'avait adressé le plaça dans une famille
honnête, où il avait le logement, la table
et les soins accessoires. Dès son arrivée,
il se mit à suivre les cours avec beaucoup de zèle et d'exactitude.

Pendant les premières semaines, Valentin se comporta de façon à rendre ses
supérieurs aussi contents de sa conduite
qu'il l'était lui-même de son nouveau séjour. Sa vie laborieuse et réglée, son
amabilité, sa douceur lui gagnèrent l'es-
time et l'amitié de toutes les personnes
avec lesquelles il vivait : on eût dit que
ce n'était plus le même enfant railleur et
léger.

Mais cette heureuse réforme ne devait
pas durer : son étourderie, un instant
comprimée par le changement de pays et
la société nouvelle où il était entré, ne

tarda pas à reprendre le dessus; il revint à ses premières habitudes, et même plus étourdi que jamais. Dans la maison qu'il habitait se trouvaient sept ou huit jeunes gens de son âge qui, sans avoir le cœur perverti, n'avaient ni assez de caractère ni assez de jugement pour résister à l'entraînement des mauvais exemples. Les bouffonneries de Valentin réussirent merveilleusement auprès d'eux; bientôt leur complaisance à cet égard n'eut plus de bornes : ils se prêtaient à tous ses caprices, et vantaient ses drôleries, même les plus grossières, comme les choses du monde les plus spirituelles. Jamais Valentin ne s'était trouvé plus heureux; il prit dès-lors une haute idée de son mérite et se livra sans réserve au dérèglement de son esprit. Bientôt il négligea ses études, et à force de ne s'occuper que de frivolités, il se rendit tout-à-fait incapa-

ble de travaux solides et de pensées sérieuses.

Le recteur ne tarda pas à recevoir
beaucoup de plaintes sur son compte,
notamment celle d'un marchand dont il
avait blessé le chien d'un coup de sar-
bacane. Le recteur ne crut pas qu'il l'eût
fait avec une intention méchante, et s'ef-
força de le justifier en partie des reproches qu'on lui adressait. Cependant il le
fit venir et le blâma vertement de son
imprudence.

— Malheureux! lui dit-il, si, au lieu
d'un chien, vous aviez blessé un enfant,
quels seraient maintenant vos regrets et
votre désespoir! prenez-y donc garde. Je
ne crois pas que vous ayez un mauvais
cœur; mais si vous ne vous corrigez de
votre étourderie, elle aura pour vous et
pour les autres les mêmes conséquences
que la plus odieuse méchanceté.

Valentin parut sensible aux paroles du bon recteur et promit d'être sage à l'avenir : mais trois jours s'étaient à peine écoulés que de nouvelles plaintes arrivèrent. Cet excellent homme en conçut une véritable douleur, et se vit contraint de renoncer à la bonne opinion qu'il avait d'abord conçue de Valentin.

— Ce jeune homme, dit-il, ne fera jamais rien, s'il ne se corrige promptement de cette légèreté qui est chez lui une véritable maladie. Ces esprits frivoles sont l'opprobre et le fléau de la société. Il faut les comparer à ces terres légères et sans profondeur où les germes les plus précieux avortent sans porter jamais de fruit.

Ces réflexions affligeaient le digne recteur : Valentin lui avait été recommandé par un de ses intimes amis, et il voyait avec peine que l'intérêt qu'il lui portait

était en pure perte. Il le fit venir encore
une fois et lui parla comme s'il eût été
son père. Il mit tant de chaleur dans ses
exhortations, tant de sagesse dans ses
conseils, que Valentin fut ému jusqu'aux
larmes. Il promit encore de se mieux
conduire et sortit plein de bonnes réso-
lutions.

Malheureusement il en devait être de
cette promesse comme de toutes les autres. En sortant de chez le recteur, Valentin retrouva ses amis, qu'il était par-
venu à rendre aussi frivoles et aussi
légers que lui-même. La première chose
qu'ils firent, en le voyant, fut de le railler comme un esprit faible qui se laissait
prendre aux sermons d'un vieillard im-
bécile et chagrin. Ils lui reprochaient son
émotion et ses larmes, tant ils avaient
bien profité de ses leçons! Valentin ne
tarda pas à penser comme eux, qu'il

s'était sottement attendri aux jérémiades de ce vieux grondeur; il rougit de sa faiblesse et ne songea plus qu'à imaginer de nouvelles extravagances pour se réhabiliter dans l'esprit de ses camarades.

La petite société d'étudiants dont Valentin faisait partie, se réunissait tous les jours pendant les longues soirées d'hiver. La lecture, la musique, les jeux propres à exercer l'esprit et la mémoire, des récits de voyages, de longues et joyeuses causeries dans une chambre bien chaude, faisaient le charme de ces innocentes veillées. Valentin n'était pas le moins spirituel de ces jeunes gens; aussi contribuait-il autant que personne à la joie commune, par des anecdotes piquantes et de vives saillies.

Mais ce n'était pas assez pour Valentin du plaisir qu'il trouvait chaque soir dans cette réunion d'amis. Il fallait que

la route qu'il avait à faire pour s'y rendre
fût elle-même un amusement; il frappait
à grands coups de canne sur les portes
et les volets des maisons devant lesquelles
il passait. Les habitants, effrayés, s'ima-
ginant que c'était quelqu'un qui demandait du secours ou que le feu était dans
les environs, ouvraient leurs fenêtres ou
accouraient sur leurs portes; mais ils ne
voyaient personne et demandaient à leurs
voisins si l'on avait aussi frappé chez
eux : à quoi ceux-ci répondaient qu'ils
s'étaient dérangés au même bruit, et tous
rentraient dans leurs maisons dépités et
inquiets.

Valentin ne trouva rien de mieux que
de jouer ce jeu toute une semaine, sans
réfléchir le moins du monde aux fâcheuses conséquences qui pouvaient en résul-
ter pour lui. Un soir qu'après avoir déjà
frappé à plusieurs portes il poursuivait le

cours de ses prouesses nocturnes, des
hommes embusqués dans l'ombre au coin
d'une muraille s'élancent tout-à-coup
pour le saisir. Il se met aussitôt à jouer
des jambes, et si bien qu'il devait, selon
toute apparence, mettre en défaut ceux
qui le poursuivaient. Par malheur la
vitesse de sa course ne lui permettait
guère de choisir ses endroits ; il vint donner dans un amas d'eau glacée, où il
tomba si rudement qu'il se donna une
entorse et ne put se relever.

— Fort bien, monsieur le coureur de
nuit! s'écrièrent ces gens ; nous vous
tenons, et nous allons vous payer de vos
peines.

Alors ils le saisirent l'un par les pieds,
l'autre par les épaules, et ils l'empor-
tèrent ainsi dans leur maison, malgré ses
cris et ses efforts. Là, ils lui lièrent les
mains autour des genoux, de manière à

faire de son corps une espèce de cercle
dans lequel ils passèrent un bâton qui
leur servit à le porter sur un tas de fumier
au fond d'une cour. Ces hommes avaient
eu d'abord l'intention de le laisser là
pour réfléchir à son aise et regarder les
étoiles, qui étincelaient comme des dia-
mants à la voûte du ciel, par une belle
nuit de décembre : mais le malheureux
cria si fort, et demanda grâce avec tant
d'instance, qu'après quelques heures de
supplice ils consentirent à le délivrer de
ses liens et à remplacer par de bons
coups de nerfs de bœuf appliqués sur ses
épaules les heures de faction qui lui restaient à faire. Après quoi ils lui ouvrirent
la porte et le jetèrent dans la rue.

Il y avait certes dans cette rude leçon
de quoi le guérir pour jamais de ses es-
piègleries ; mais Valentin n'était point
fait comme un autre. Au lieu de voir le

côté honteux de cette aventure, il n'en vit que le côté plaisant : le lendemain venu, sa première pensée fut d'en régaler ses amis, à qui du reste il la conta si gaiement et si bien, que ceux-ci ne purent s'empêcher de la conter ensuite à tous les camarades. Aussi devint-il la fable de l'université; il fut accueilli par des huées et des moqueries à son entrée en classe : tous les étudiants qui avaient quelque respect d'eux-mêmes s'éloignèrent de lui avec mépris, et ses maîtres essayèrent par une réprimande sévère de lui faire comprendre l'ignominie de sa conduite.

Valentin éprouva d'abord un peu de honte et d'embarras, mais il se remit bientôt de ce trouble et retrouva dans l'approbation de ses amis intimes l'encouragement dont il avait besoin pour passer à d'autres folies.

Un jour qu'il se promenait avec deux

camarades dans un faubourg de Iéna, il
aperçut un âne chargé de trois sacs de
farine et attaché à la porte d'un moulin ;
l'idée lui vint d'éprouver si cet animal aurait encore la force de regimber sous son
fardeau : il s'en approcha donc et lui
piqua les flancs avec le dard de la canne
qu'il portait à la main dans ses excur-
sions champêtres ; l'âne, blessé jusqu'au
vif, se mit à faire une forte ruade qui
divertit assez bien notre écolier. Ce
n'était pas le cas pour lui d'en rester là ;
il aiguillonna de nouveau la pauvre bête
jusqu'à ce qu'à force de sauts et de gam-
bades, elle eût jeté par terre la farine
dont elle était chargée, et qui roula précisément dans la rivière sur le bord de
laquelle Valentin se donnait cet agréable
passe-temps.

La chose devenait sérieuse. L'écolier
le comprit bien et voulut s'enfuir à toutes

jambes; mais le meunier, qui avait l'œil
à son affaire, lui coupa la retraite et le
poussa rudement dans son moulin, d'où
il ne sortit qu'après avoir payé le prix de
la farine.

Valentin fit encore beaucoup d'autres
incartades qu'il serait trop long de raconter; celle qui suit est la plus sérieuse.

Il demeurait à côté d'un cordonnier qui
avait une fort belle chèvre; plus d'une
fois, en regardant cette bête, il s'était demandé quel parti il en pourrait tirer pour
ses menus plaisirs. Enfin il lui vint une
idée.

— Savez-vous ce que nous avons à
faire? dit-il à ses fidèles amis; un excellent tour, sur ma parole. Il s'agit de
prendre cette nuit la chèvre et de la
cacher quelque part jusqu'à demain soir.
Alors nous la ramènerons; et le voisin,
qui est sot et crédule, s'imaginera, en la

voyant revenir, qu'elle était allée faire un tour au sabbat.

L'idée parut merveilleuse à nos jeunes espiègles. La nuit suivante, ils se glissèrent furtivement dans la cour du cordonnier; et en présentant à la chèvre un morceau de pain, ils s'en firent suivre jusque dans la rue.

— Qu'en ferons-nous maintenant? demanda l'un des étourdis; où allons-nous la cacher?

— A moi les bonnes idées, répondit Valentin; nous l'enfermerons dans la remise du vieux Langdorn, le tonnelier.

Nos jeunes étourdis applaudirent au grand génie de Valentin; et la chèvre fut conduite à deux cents pas de là, vers la maison du tonnelier. La porte de la remise n'était point difficile à ouvrir; Valentin leva le loquet avec précaution, fit entrer la chèvre, l'attacha solidement à

un poteau, et sortit en refermant la porte
sans plus de bruit.

— Quel excellent tour! s'écria-t-il en
rejoignant ses camarades ; il fera bon
être ici demain matin pour voir les yeux
du bonhomme s'ouvrir et son nez s'allon-
ger au moment où il trouvera cet animal
dans sa remise. Il appellera sa femme et
ses garçons, il mettra ses lunettes et
croira voir le diable en personne. A midi
nous lui ferons parvenir un billet pour lui
dire de rendre la chèvre au cordonnier,
et ce sera le plus beau de toute l'affaire.
Le faiseur de souliers, qui est un brutal,
criera au vol; le tonnelier, qui est vif,
s'en défendra, et ils en viendront aux
coups. Je ne donnerais pas le plaisir que
je me promets pour la couronne du saint
empire romain.

La chose ne tourna pas tout-à-fait
aussi gaiement qu'il l'avait espéré. Le

cordonnier s'était aperçu dès le point du
jour qu'on lui avait volé sa chèvre, et il
avait porté plainte. Le magistrat de
police, en passant une heure après devant la remise du tonnelier, avait entendu
crier la pauvre bête; son maître l'avait
reconnue, et le vieux Langdorn avait été
mis en prison comme voleur. Valentin,
qui n'avait voulu que rire et rire beaucoup, se trouva un peu déconcerté du
succès de sa plaisanterie; maintenant
c'était une affaire sérieuse. Que faire? Il
n'y avait que deux partis à prendre :
laisser le malheureux en prison, sous le
poids d'une accusation de vol, et c'est ce
que sa conscience ne lui permettait pas;
ou aller se dénoncer lui-même comme
l'auteur d'un mauvais tour, ce qui l'ex-
posait à être sévèrement puni.

Pendant que Valentin hésitait entre ces
deux partis contraires, la femme du ton-

nelier entra dans la maison où il demeurait, et se mit à raconter son malheur.
Elle donnait les marques du plus violent
désespoir; elle pleurait, elle sanglotait,
et prenait le ciel à témoin de son inno-
cence.

— Être accusé de vol, s'écriait-elle,
après soixante ans d'une vie pauvre
mais laborieuse et honorable! être jeté en
prison et condamné à payer vingt écus
d'amende, sans compter le mépris public!
le brave homme n'y survivra pas, ni moi
non plus.

En voyant la douleur de cette pauvre
femme, Valentin n'hésita plus; il courut
aussitôt chez le recteur pour se dénoncer
lui-même : mais il avait été prévenu; un
de ses camarades, ayant vu conduire en
prison le malheureux tonnelier, s'était
empressé de faire connaître le véritable

3

auteur du vol, et le recteur s'était rendu chez le juge.

— C'est, lui dit-il, un jeune étudiant qui a dérobé la chèvre et qui l'a enfermée dans la remise de Langdorn ; quoiqu'il ne l'ait point fait par méchanceté, mais pour se divertir, et par une légèreté d'esprit qui lui est ordinaire, il n'en est pas moins coupable d'avoir troublé l'ordre public et compromis l'honneur d'un citoyen. Je l'abandonne à votre justice ; il faut un exemple : chaque jour je reçois des plaintes sur son compte ; mon intention est de le renvoyer à ses parents, dès qu'il aura subi la peine de cette dernière étourderie.

L'affaire fut aussitôt portée devant le tribunal de police ; Valentin, condamné à quinze jours de prison, à une forte amende et à des dommages-intérêts envers le maître de la chèvre et le tonnelier fut arrêté le jour même et enfermé dans la prison des étudiants. Il n'en sortit que pour être renvoyé à sa famille, en vertu d'une décision universitaire.

Son retour chez ses parents leur causa la plus vive douleur.

— Quel malheur pour moi, lui dit sa mère, d'avoir un fils qui ne me donne que du chagrin! as-tu donc juré d'abréger ma vie et celle de ton pauvre père? veux-tu nous faire mourir avant l'âge?

Son père lui parla plus sévèrement encore.

— Je te défends, dit-il, de paraître devant moi tant que tu n'auras pas pris une résolution sérieuse de changer de vie.

Valentin, accablé de douleur et de honte, resta plusieurs jours enfermé dans sa chambre sans oser se montrer dans sa famille. On verra par les chapitres sui-

vants quel fut le fruit des réflexions tristes et salutaires qu'il fit dans cette circonstance.

## CHAPITRE III.

Le repentir de ses premières fautes,
la présence de ses parents et la douleur
qu'il leur avait causée, empêchèrent quelque temps Valentin de faire de nouvelles
folies. Mais cette bonne conduite ne devait pas encore être de longue durée;
c'était un état de contrainte et de gêne
dont il aspirait à sortir pour reprendre
ses habitudes et retrouver, comme il le
disait lui-même, les joies de la liberté.

Son père, qui ne voulait pas le laisser
plus longtemps à rien faire, lui demanda
un jour s'il se sentait du goût pour le

commerce. Valentin, grâce à son incroyable étourderie, n'avait jamais réfléchi sur le choix d'un état; mais comme il voyait là une occasion de quitter la maison paternelle, il répondit hardiment que le commerce était la chose du monde pour laquelle il se sentait le plus de goût et d'aptitude.

— Eh bien! reprit le père, dans huit jours tu partiras pour Francfort-sur-le-Mein. Un riche négociant de cette ville, M. Werner, te recevra dans sa maison. Je ne te ferai point de recommandations nouvelles pour t'engager à te bien conduire; si les leçons que tu as déjà reçues n'ont pas suffi pour te corriger, ce que je pourrais te dire maintenant serait inutile. Souviens-toi seulement de cette parole : avec du travail, de la docilité, du zèle et une conduite sage, tu peux encore devenir un homme et assurer ton avenir.

Autrement, tu ne seras jamais qu'un être inutile à toi-même et aux autres ; penses-y donc bien, mon fils ; c'est le bonheur et le malheur que je mets devant tes yeux : profite du peu de temps qui te reste à passer auprès de nous pour te bien pénétrer de cette vérité.

Ce bon père, qui était déjà sur l'âge, pleurait en parlant ainsi à son fils. Valentin se sentit ému et promit de se bien conduire. Mais cette émotion passagère fit bientôt place à la joie que lui causait ce nouveau départ ; les huit jours qu'il avait encore à passer dans sa famille lui parurent des années, et quand vint le moment de partir, il monta en voiture sans verser une seule larme, sans témoigner aucun regret.

Le négociant de Francfort le reçut fort bien et l'admit à sa table. Pendant le premier mois sa conduite fut parfaite ;

comme les esprits légers, Valentin commençait tout avec ardeur; mais, dès le
second mois, son zèle se ralentit, on re-
marqua des négligences dans son travail ;
ce changement, d'abord peu sensible, ne
tarda pas à frapper tous les yeux. Il
faisait de fréquentes absences, commet-
tait des erreurs sur ses registres, oubliait
les commissions dont on l'avait chargé;
en un mot, il était revenu à ses habitudes
d'étourderie et de légèreté. M. Werner
lui en fit des reproches ; mais il n'en tint
pas compte, et persista de plus en plus
dans une conduite qui ne pouvait que le
mener à la honte et au malheur dont son
père l'avait menacé.

M. Werner lui permettait, comme à
ses autres commis, d'aller quelquefois au
théâtre, où l'on jouait des pièces comiques
et tragiques. Il y prit tant de plaisir que
la tête lui en tourna; il ne rêvait plus

que spectacles ; son goût devint une passion, et cette passion une fureur. Son esprit, absorbé par ces jeux de la scène,
devint incapable d'aucune occupation sérieuse ; dès que le soir était arrivé, il
courait au théâtre avec une précipitation
qui lui faisait oublier souvent de fermer
la porte du magasin.

A force de se livrer à ce penchant
effréné, il se mit en tête de quitter sa
maison de commerce pour se faire comédien. Il alla trouver le directeur et lui
proposa de faire partie de sa troupe.
Heureusement que ce directeur était un
honnête homme ; il ne vit dans la démarche de Valentin qu'une étourderie de
jeunesse qui pouvait avoir les plus tristes
conséquences pour lui et pour sa famille.
Il l'engagea fortement à poursuivre la
carrière qu'il avait choisie, et à ne point
se jeter dans un genre de vie dont il ne

connaissait que le beau côté; en même temps il écrivit à son père pour l'instruire de cette démarche.

Quelques jours après, Valentin reçut la lettre suivante :

« Mon fils,

» Tu nous as déjà causé bien des peines, depuis que tu es au monde; mais s'il est vrai que tu songes sérieusement à quitter la carrière honorable du commerce pour une vie de débauche et de fainéantise, je t'avertis par là que tu mets le comble à tes folies et au malheur de tes parents. Songe bien à ce que tu vas faire; je ne veux point de comédien dans ma famille; en le devenant tu cesses d'être mon fils, et la prochaine lettre de l'ami auquel je t'ai confié m'apprendra si je suis encore

» Ton père,

» SÉBASTIEN WEBER. »

L'effet de cette lettre fut prompt et salutaire. Valentin, ému jusqu'aux larmes, vit à l'instant la profondeur de l'abîme où il allait tomber. Il repoussa loin de lui cette malheureuse idée de se faire comédien, et résolut même de changer entièrement de conduite. Il répondit à son père par une lettre pleine de tendresse, et dans laquelle il promettait de ne plus lui causer à l'avenir la moindre peine.

Mais il avait manqué tant de fois à ses engagements, qu'il n'y avait pas lieu de compter beaucoup sur cette nouvelle promesse. Quoiqu'il ne pensât plus à s'attacher au théâtre, il n'était malheureusement pas encore arrivé à des habitudes fixes. Une inquiétude vague et l'amour du changement lui firent de nouveau prendre le commerce en dégoût. Un soir qu'il se promenait seul sur un des quais de Francfort, il fit la rencontre d'un re-

cruteur prussien, beau parleur comme
tous les gens de cette espèce, grand men-
teur surtout, et fort habile dans son mé-
tier. Après avoir fait l'éloge de la guerre,
et parlé de l'avancement rapide qu'on
trouvait alors dans les armées prussien-
nes, il flatta l'amour-propre de Valentin
en lui adressant force compliments sur sa
belle figure et sur sa taille avantageuse.
Notre étourdi ne résista pas à cette douce
amorce, et tomba dans le piège tendu à
sa vanité. L'embaucheur le trouvant si
faible et si commode, ne perdit point de
temps, et lui présenta d'abord un acte
d'engagement qu'il signa sans regarder,
tant cette image de la vie militaire et
l'éloquence du recruteur lui avaient
tourné l'esprit.

Le malheureux ne tarda pas à goûter
les fruits amers de son imprudence. Dès
que l'embaucheur l'eut abandonné à lui-

même pour aller faire d'autres dupes, et
que son imagination refroidie lui eut
laissé le calme nécessaire pour envisager
la nature et les conséquences de son engagement, il se vit soldat, lui qui ne
s'était jamais senti le moindre goût pour
cette profession, et de plus soldat d'une
puissance étrangère. Un profond désespoir le saisit alors; mais comment faire?
il n'était plus libre, il avait signé; le recruteur avait même donné l'ordre de ne
pas le laisser sortir de l'auberge.

Dès que M. Werner eut appris ce qui
s'était passé, son premier mouvement fut
de se rendre auprès de Valentin; il le
trouva seul, assis dans un coin et plongé
dans le plus triste abattement : le malheureux se jeta aussitôt à ses pieds et le
conjura en pleurant de le tirer de la position cruelle où il s'était mis.

— Comment! lui répond M. Werner,

tu n'as encore fait aucun service et tu
veux déjà cesser d'être soldat! c'est par
trop d'inconstance. Il faut au moins avoir
connu le fort et le faible d'un état avant
d'y renoncer. D'ailleurs, ton engagement
est bien en règle; tu l'as signé volontai-
rement et avec pleine connaissance de
cause, je ne crois pas qu'il soit facile de
le rompre.

A ces mots il sortit et laissa Valentin
à son désespoir. L'infortuné passa la nuit
sans dormir; les idées les plus sinistres
lui vinrent à l'esprit, il alla jusqu'à penser qu'il n'avait rien de mieux à faire que
de terminer une vie désormais insupportable; le Mein coulait sous sa fenêtre, il
voulait s'y précipiter; et peut-être l'eût-il
fait, si M. Werner ne fût venu dans la
matinée lui apporter l'agréable nouvelle
de sa délivrance.

— Il m'en a coûté une forte somme,

dit-il à Valentin, mais je ne la regretterai pas si ce grand sacrifice peut contribuer à te rendre désormais plus sage.

Valentin pleura de joie et promit de se corriger. Effectivement, depuis ce jour il se conduisit mieux, et son maître n'eut presque plus de reproches à lui faire.

Son apprentissage terminé, il alla passer quelques mois dans sa famille, et se rendit ensuite à Hambourg. Là, sa conduite ne fut pas absolument mauvaise; cependant la grande liberté dont il jouissait lui donna plus d'une fois l'occasion de prouver que l'âge de la sagesse et de la raison n'était pas encore venu pour lui. Il avait déjà reçu de rudes leçons, mais l'étourderie même qui les lui avait attirées l'empêchait d'en tirer tout le profit possible; d'ailleurs il avait à vaincre une habitude prise dès l'enfance et mal combattue dans les âges sui-

vants, ce qui eût demandé précisément
une force de caractère et une fixité d'idées
qui manquaient à Valentin.

Il était encore à Hambourg, dans la
première maison de commerce de cette
ville, lorsqu'il reçut d'un de ses frères
une lettre qui lui annonçait que son père
venait de mourir et que sa mère, atteinte
du même mal, avait peu d'espoir de lui
survivre.

Il partit aussitôt pour Dresde, et arriva
juste à temps pour recevoir le dernier
soupir de son excellente mère. Il s'approcha de son lit de douleur, prit une de
ses mains déjà froides et l'arrosa de ses
larmes. Elle parut se ranimer un moment; elle ouvrit les yeux, et un léger sourire passa sur ses lèvres. Mais ce fut tout;
elle ne put prononcer une seule parole,
et sa main mourante essaya vainement de
presser une dernière fois celle de son fils.

Valentin se montra fort sensible à la perte de ses parents; mais, indépendamment de l'amour qu'il avait eu pour eux, ce qui l'affligeait surtout, c'était de savoir qu'ils étaient morts pleins d'inquiétude sur son avenir et peut-être avec la triste conviction que leur fils ne deviendrait jamais un homme estimable. Cette pensée amère le tourmenta longtemps.

## CHAPITRE IV.

Par la mort de son père et de sa mère, Valentin se trouva possesseur d'une assez belle fortune; malheureusement il eut d'abord l'idée de l'augmenter par de grandes entreprises commerciales. Les amis de son père trouvant qu'il était trop jeune pour s'établir à son propre compte,

cherchèrent à l'en dissuader; ils lui re-
présentèrent qu'il ferait beaucoup mieux
de placer son argent dans une forte
maison de commerce où il achèverait de
se former lui-même à la pratique des
affaires, que d'aller fonder à ses risques
et périls un établissement nouveau. Valentin ne se rendit point à leurs sages
avis; il commença par acheter une su-
perbe maison dans le plus beau quartier
de Dresde, et la remplit de riches marchandises.

Malgré l'énorme avance de capitaux
qu'il avait dû faire, peut-être qu'avec le
temps et de la conduite sa maison aurait
prospéré; mais la fureur des spéculations
s'empara de lui. Une fois, par exemple,
il ne craignit pas de jouer, comme on dit,
sa fortune sur un coup de dés. Voyant
qu'une certaine marchandise était fort
courue, il en acheta des quantités consi-

dérables qu'il ne put payer que par des emprunts qui excédaient de beaucoup son avoir. Chacun le blâmait hautement; les plus vieux spéculateurs, qui avaient reculé devant cette opération hardie, ne doutaient pas que Valentin n'eût consommé sa ruine. Il en arriva tout autrement, et ce qui paraissait un acte de démence prévalut sur les calculs des hommes les plus expérimentés. A peine Valentin avait-il conclu son marché que la guerre s'alluma dans le pays d'où se tirait la marchandise dont il avait rempli ses magasins. Cette circonstance la fit hausser de prix, et les bénéfices de l'opérateur furent considérables.

Ce grand succès, qui était plutôt le résultat de sa folie que de son habileté, causa sa ruine. Dès ce moment, il s'imagina que lui seul entendait le commerce, et sa présomption n'eut plus de bornes.

Il ne reculait devant aucune entreprise hasardeuse ; le blâme des gens sensés, loin de l'arrêter dans ses projets, l'y précipitait avec plus de force, comme s'il avait eu à ses ordres un pouvoir mystérieux et plus fort que tous les calculs humains, qui dût faire tourner à bien toutes ses folies.

— Si je vous avais écouté la première fois, leur disait-il, je n'aurais pas fait la plus belle entreprise dont on ait parlé depuis longtemps. Le succès a justifié ma hardiesse. Que votre sagesse vous serve à vous-même ; quant à moi, voici ma devise : Pour gagner, il faut risquer.

On avait beau lui représenter qu'un hasard heureux ne prouvait rien, et que le même concours de circonstances ne se présentait pas deux fois ; il ne voulait rien entendre. Depuis longtemps il avait mis son train de maison sur le même pied que ses opérations commerciales; il faisait une grande dépense et tenait table; sa cave était fournie des meilleurs vins; il avait les plus beaux chevaux et les plus riches ameublements de la ville. Ces brillants avantages le faisaient rechercher dans le monde, où les vives saillies de son esprit léger étaient aussi fort bien reçues. A voir la prospérité de cet homme si présomptueux et si destitué de sagesse, on en conclut naturellement que les biens de la terre sont peu de chose, puisque Dieu les abando...ne souvent aux plus indignes. Nous apprenons aussi par là que les richesses ne sont pas la véritable mesure du mérite, même selon le monde, car cette prudence humaine, que l'Ecriture nomme la sagesse de la chair, ne se trouvait pas chez Valentin; encore moins faut-il les considérer comme la condition du bonheur, qui ne peut consister dans ces biens extérieurs et périssables. Mais on peut dire avec vérité que Dieu s'en sert pour éprouver les cœurs. Ainsi la présomption de Valentin s'était augmentée avec sa fortune; le succès de ses spéculations l'avait comme enivré; il ne fallait plus qu'une chance malheureuse pour montrer combien il méritait peu cette opulence qui le rendait si fier.

Les amis de son père, las de lui faire des représentations inutiles, avaient fini par s'éloigner de lui. Ses propres amis commençaient même à se refroidir à son égard, parce qu'il recevait fort mal leurs avis. Cependant plusieurs années s'écoulèrent sans que sa fortune reçût d'échec notable, et s'il eût consenti à borner lui-même son ambition, il pouvait encore vivre heureux avec ce qui lui en restait. Mais une dernière opération le perdit. Une grande quantité de marchandises qu'il avait dans ses magasins subit une dépréciation soudaine et considérable. Trompé pour la première fois dans ses espérances, il ne sut pas supporter ce malheur avec calme. Le dépit et la honte lui troublèrent la tête; il fit faute sur faute, perte sur perte; si bien que sa fortune, son crédit et son honneur s'anéantirent dans le gouffre d'une banqueroute.

Le malheureux comprit alors, mais trop tard, les torts de sa conduite : il tomba dans le plus violent désespoir; il courait à travers les champs comme un furieux, se roulait à terre et s'arrachait les cheveux en maudissant mille fois son imprudence et sa folie. Ce qu'il avait de mieux à faire c'était d'aller trouver son ancien chef, M. Werner, ou quelque vieil ami de sa famille, qui l'eussent aidé de leurs conseils et de leurs capitaux. Mais il aurait fallu convenir de ses fautes et s'humilier devant des personnes dont il avait longtemps méprisé les sages conseils. Un tel sacrifice lui eût trop coûté; il aima mieux mettre le comble à son malheur en s'éloignant brusquement de la ville, sans voir personne.

Quelques jours après ce départ, un de ses amis reçut de lui la lettre suivante :

« Dantzik, 18 avril.

» Mon cher Albert,

» Je vais quitter l'Europe et passer dans le Nouveau-Monde, on m'assure qu'il y a maintenant à Brême plusieurs navires prêts à partir pour l'Amérique; je m'y rends en toute hâte. Mon intention est d'aller à New-York, où j'espère trouver un moyen de vivre et de faire fortune. Plaise au ciel que j'en revienne un jour plus heureux!

» Je n'ai pas le temps de t'en écrire

davantage ; adieu, salue de ma part nos
joyeux amis ; mais ne dis rien de moi à
ces vieillards tristes et chagrins qui ne
manqueraient pas de faire de sottes réflexions sur mon départ.

» Ton ami,

» VALENTIN WEBER. »

Le malheureux avait quelques cen-
taines d'écus pour toute ressource ; toujours imprévoyant et léger, il comptait se
faire planteur dans l'Amérique septen-
trionale, sans avoir même pris aucun ren-
seignement sur le prix des terrains et de
la main-d'œuvre.

En arrivant à Brême il ne trouva point
de navire prêt à faire voile pour l'Amérique. Il lui fallut attendre plusieurs mois
dans cette ville, où la vie est fort chère, de
sorte que les faibles débris de sa fortune

étaient à peu près réduits à rien quand l'occasion de partir se présenta.

Le petit nombre de personnes qu'il voyait à Brême firent tous leurs efforts pour le retenir; elles lui conseillaient de se fixer dans cette ville, où il trouverait facilement un emploi lucratif; mais Valentin avait trop d'amour-propre pour écouter de pareils avis : il voulait à tout prix refaire sa fortune, et rien ne pouvait l'arrêter.

Il alla donc trouver le capitaine d'un navire en partance pour Philadelphie, et quoiqu'il ne lui restât pas trente écus, il lui demanda hardiment le prix de la traversée.

Le capitaine, qui était un homme habile et rusé, le considéra quelque temps avant de répondre, et lui dit :

— Etes-vous bien riche, pour faire un si grand voyage?

— Non, répondit Valentin, mais j'espère le devenir; si ce qu'on dit de
l'Amérique est vrai, j'y ferai facilement
fortune.

— Prenez garde de vous tromper, reprit le capitaine; au surplus, c'est votre
affaire; la mienne c'est de vous conduire
sur mon bord, si vous avez six cents francs
à me donner. Les avez-vous?

Valentin demeura muet.

— Puisque vous n'avez pas la somme
suffisante, continua l'adroit capitaine, il
faut prendre un autre arrangement. Si
vous voulez me servir à bord pendant la
traversée et me fournir l'engagement écrit
de me donner ce que vous aurez d'argent
à notre arrivée à Philadelphie, je consens
à vous prendre.

Valentin, qui ne voyait dans cet engagement que ce qu'il avait d'agréable,
c'est-à-dire la facilité de partir, sous-

crivit aux conditions du capitaine. Au
moment où le navire déploya ses voiles et
s'éloigna du rivage, Valentin tressaillit de
joie en voyant fuir derrière lui la terre
allemande ; il quitta sa patrie comme il
avait tant de fois quitté sa famille, sans
nul regret. Mais bientôt le rusé capitaine
lui rappela son engagement et lui dit de
se mettre à l'œuvre. Dès-lors sa gaîté
diminua. Le voyage lui parut long, et
plus d'une fois, avant d'arriver, il se re-
pentit de son imprudence.

Lorsqu'après deux mois de traversée,
le navire entra dans le port, Valentin se
trouva le plus heureux des hommes.

— Enfin, s'écria-t-il, je suis au bout
de ce rude voyage ! j'ai reconquis ma liberté, je suis redevenu mon maître !
Mais au moment où, plein de cette idée,
il allait s'élancer hors du navire, le capitaine le fit appeler pour lui dire qu'il

n'en sortirait pas avant d'avoir payé trois cents francs qui restaient sur le prix de son passage, à moins qu'il ne fournît une caution pour pareille somme.

Cette parole fut un coup de foudre pour le pauvre Valentin; il n'avait pas dix francs sur lui et ne connaissait personne à Philadelphie. Il essaya de faire comprendre au capitaine qu'il devait se contenter du travail qu'il avait fait à bord, sans rien exiger davantage.

— Vous plaisantez, sans doute, répondit cet homme, ou vous me croyez fou. Rappelez-vous nos conventions : je vous ai demandé six cents francs pour le passage; en estimant vos services à trois cents francs, je suis en perte, mais qu'importe! reste donc pareille somme à me payer sans délai. Tant pis pour vous si vous avez oublié votre engagement; le voici fort en règle et signé de votre main.

— Mais comment voulez-vous que je fasse? disait le malheureux, je ne possède rien.

— Vous avez une tête et des bras, reprit le capitaine; vous pouvez emprunter la somme qui m'est due, à la condition d'un service plus ou moins long.

Un riche habitant de Philadelphie entra dans la chambre du capitaine au milieu de ce débat; il avait précisément besoin de quelques ouvriers.

— En voici un, dit le capitaine, qui me doit cent écus; avancez-moi cette somme, et je vous cède tous mes droits sur lui.

— Marché fait, dit l'Américain, je paie sa dette à condition qu'il me servira pendant trois années avec zèle et fidélité.

Et sans laisser à Valentin le temps de réclamer contre ce trafic infâme, il compte la somme au capitaine. Le mal-

heureux eut beau supplier, menacer,
prendre le ciel à témoin de cette per-
fidie, tout fut inutile; il fut contraint de
suivre ce nouveau maître, sous peine
d'être gardé prisonnier sur le navire et
ramené en Europe.

A cette époque, le sort des nègres en
Amérique était moins affreux que celui
des blancs qui, comme Valentin, se trouvaient réduits à vendre leur travail. Le
maître d'un nègre a du moins quelque
raison de le ménager : ce nègre lui appartient, et s'il l'accable de travaux trop
durs, s'il le réduit à se donner la mort,
c'est une perte aussi réelle et aussi sensible que le serait pour lui celle d'un
bœuf ou d'un cheval; à défaut de tous les
sentiments humains, son intérêt le force
à n'exiger de l'esclave noir qu'un travail
raisonnable. Mais il n'en était pas de
même pour les blancs que des circon-

stances malheureuses avaient soumis au
despotisme de ces maîtres avares. Comme
ils n'avaient qu'un certain nombre d'années à passer dans cet esclavage, on cher-
chait à le rendre aussi productif que possible, en exigeant d'eux des travaux ac-
cablants.

Telle fut l'horrible condition de Valentin; il avait affaire au maître le plus
dur qui eût jamais exploité à son profit la
force et la vie de ses semblables. Le malheureux n'en mourut pas, mais il fit une
longue et douloureuse maladie, pendant
laquelle il eut le temps de réfléchir à son
imprudence et à son incroyable légèreté.

Quand le jour de sa délivrance arriva,
sa joie fut si grande qu'il faillit en perdre la raison. Mais cette ivresse de bonheur ne fut pas longue; il eut bientôt à
se demander ce qu'il ferait pour vivre
dans un pays où il ne possédait rien.

Comme il était libre, il s'avança dans la campagne pour donner cours à ses tristes pensées. Après une marche pénible, il s'assit au pied d'un arbre, accablé de tristesse et de fatigue.

— Dans quel abîme de misère je suis tombé, s'écriait-il en versant des pleurs amers! Et ce qu'il y a de plus terrible dans ma position, c'est que je ne puis en accuser personne. Mon étourderie, mon sot orgueil ont tout fait pour me perdre, et je n'ai que trop mérité mon sort. O mes chers parents! vous qui sur cette erre avez tant de fois gémi de mes imprudences, et qui, du sein d'un monde meilleur, en voyez maintenant le fruit déplorable, pardonnez-moi mes fautes si cruellement expiées! O Allemagne, ô ma chère patrie que j'ai si imprudemment quittée, en suis-je assez puni! reverrai-je encore ces belles campagnes où je

vins au monde, et ces rives de l'Elbe où
s'écoula ma joyeuse enfance? O patrie!
patrie!

Ces souvenirs et ces regrets jetèrent
Valentin dans une espèce de défaillance
qui fut suivie d'un léger sommeil, pendant lequel un songe heureux, envoyé
du ciel pour verser dans son cœur les
joies de l'espérance, vint tout-à-coup
s'offrir à son esprit; il lui sembla qu'il
se trouvait dans le jardin attenant à la
maison paternelle : on célébrait le jour
de sa naissance; toute sa famille était
réunie; ses parents vivaient et lui par-
laient avec amour; ses frères, ses sœurs
et ses amis venaient l'embrasser comme
au retour d'une longue absence, en lui
offrant des couronnes de fleurs. Deux
tentes étaient dressées au milieu du jardin; sous l'une d'elles un splendide repas
avait été servi, et sous l'autre on faisait

les apprêts d'un bal. Valentin nageait dans la joie ; mais son ravissement fut au comble quand il vit un ami d'enfance, dont il avait été séparé pendant de longues années, entrer dans la salle et s'avancer vers lui. A cette vue, son âme était comme saisie d'une fièvre de bonheur ; il s'élançait dans les bras de cet ami, et tous deux pleuraient en s'embrassant.

Un prompt réveil détruisit tout-à-coup ces riantes illusions ; Valentin ouvrit les yeux et ne trouva plus autour de lui que la solitude et le silence des savanes américaines. Alors la désolante réalité pesa sur lui de tout son poids, et sa tête retomba lourdement sur sa poitrine.

Cependant, comme il tournait les yeux du côté de la ville avant de se lever pour en reprendre le chemin, il aperçut à quelques pas un jeune homme dont les regards semblaient fixés sur lui. Cet in-

connu s'avança tout-à-coup et lui demanda s'il n'était pas Allemand.

— Je le suis, Monsieur, répondit Valentin, et je m'en fais gloire.

— Vous avez raison, reprit le jeune
homme; mais, si je ne me trompe, vous
êtes Saxon, vous êtes de Dresde, vous
vous nommez Valentin Weber.

— Juste ciel! vous me connaissez,
Monsieur, s'écria vivement Valentin; oh!
dites-moi qui vous êtes!

L'inconnu se découvrit et rejeta en ar-
rière les longs cheveux qui couvraient
son visage.

— Vous ne me reconnaissez pas? dit-
il avec un doux sourire.

Valentin le considéra quelque temps
avec attention, comme un homme qui
cherche à rappeler un souvenir confus;
puis il s'écria :

— Frédéric Stillmann.

— Lui-même, reprit l'étranger.

Ils se précipitèrent dans les bras l'un de l'autre et se tinrent longtemps embrassés ; ensuite ils s'assirent sous l'arbre pour causer ensemble de leurs aventures. Valentin raconta le premier la longue suite de ses imprudences et de ses malheurs. Quand il eut fini, Stillmann, qui se trouvait dans une position très heureuse, lui fit les offres les plus amicales ; cette générosité le toucha vivement et il remercia le ciel de lui avoir envoyé pour libérateur cet ami de collége qu'il avait souvent offensé par des plaisanteries amères.

Dès ce moment ils vécurent ensemble dans la plus douce intimité. Au bout de quelques mois, Frédéric eut terminé les affaires qui le retenaient en Amérique, et les deux amis s'embarquèrent pour retourner dans leur patrie, où ils arrivèrent heureusement.

A son retour en Allemagne, Valentin n'était plus le même; sa légèreté, son amour du plaisir avaient fait place à des habitudes sévères; il était grave, laborieux, plein d'ordre et d'économie; mieux que les années, le malheur avait mûri son intelligence, et fixé ses idées. C'était un changement radical et profond, qui ne pouvait plus laisser craindre une rechute. Pour la première fois alors Valentin goûta les fruits de la sagesse et de la vertu. Il se trouvait à cet égard dans la position de ces malheureux qui, après avoir été longtemps le jouet des flots et des orages, touchent enfin la terre, où ils doivent trouver la vie et le repos : une sérénité douce, une joie calme, un sentiment de bien-être qu'il n'avait jamais connu remplissaient son âme, et ses

5

prospérités passées ne lui paraissaient qu'un état d'ivresse et d'aveuglement, lorsqu'il les comparait avec son bonheur actuel.

— Je ne comprends pas, disait-il parfois à son ami, comment j'ai pu si longtemps manquer de sagesse et de jugement. Je me sens si heureux aujourd'hui ! Quoiqu'il m'en ait coûté des pertes et des souffrances pour atteindre le but désirable où je suis arrivé, je remercie Dieu du traitement sévère qu'il m'a fait subir, je lui rends grâce de ne m'avoir pas laissé mourir dans ma folie.

Depuis son retour il travaillait avec un zèle infatigable dans la maison de son ami, qui avait eu la générosité de l'associer à son commerce : au bout de quelques mois, il sentit le désir de faire un voyage à Dresde, pour revoir sa ville natale, ainsi qu'un frère et une sœu.

qu'il n'avait pas vus depuis longues années. Mais comme il faisait les préparatifs
de ce voyage, il fut pris tout-à-coup
d'une grave maladie causée par un excès
de travail.

Son ami fut saisi de douleur en pen-
sant que peut-être il allait mourir au
moment même où il commençait à vivre
heureux et sage. Il lui prodigua les soins
les plus tendres, et fit appeler aussitôt les
plus habiles médecins. Mais Valentin,
qui sentit d'abord la gravité de sa maladie, lui fit comprendre que tout serait
inutile.

— Je vais mourir, lui dit-il avec une
résignation douce et pieuse; que la volonté de Dieu soit faite! je l'ai remercié
plus d'une fois de m'avoir ôté les biens
extérieurs pour me donner les véritables
biens, les biens de l'âme; je ne savais
pas alors que ma vie dût être le prix de

la sagesse que j'ai si laborieusement acquise; maintenant que je le sais, je dois encore le bénir; car il sait mieux que nous ce qui nous est bon. J'aurais aimé à vivre pour expier les fautes de ma jeunesse et prouver ma vive reconnaissance au plus généreux des amis. Puisqu'il ne le veut pas, c'est une preuve que ce désir n'était pas légitime; je meurs donc avec joie, précisément parce que je me sens digne de vivre et d'être pleuré par celui qui a tant contribué à me rendre meilleur.

Il mourut en effet au bout de quelques jours. Frédéric le pleura longtemps, et se rendit même à Dresde pour apprendre aux parents et aux amis de Valentin la grâce que Dieu lui avait faite avant de le retirer de ce monde.

———

# CHARLES ET MARIE.

Charles et Marie étaient enfants de deux amies. Charles était fils de madame Léonie de Fabian, possédant une grande fortune : à l'âge de quinze ans elle sortit de pension pour épouser M. de Fabian, vieux général de l'empire, qui mourut quelques années après cette union. Coquette, frivole, lancée dans le monde élégant, Léonie avait oublié la compagne de ses jeux d'enfance, Marie, sa meilleure amie, lorsqu'un hasard assez extraordinaire les réunit.

Deux jeunes enfants entraient dans le temple de Dieu par deux portes différentes, eux qu'une même cérémonie, le baptême, allait réunir. L'un était entouré de toute la pompe des grandes fêtes. Les bedeaux avaient revêtu leur simarre violette, les jeunes lévites leur robe rouge; et des toilettes étincelantes accompagnaient le jeune enfant, tout enseveli dans des flots de dentelles et de rubans. C'était le petit Charles.

L'autre enfant fut modestement et religieusement offert à l'eau lustrale : personne ne le vit que sa mère, qui lui souriait d'un doux sourire; personne ne fit attention à elle qui, rêveuse, oubliée, heureuse, laissait couler ses larmes; mais il y avait tant de joie contemplative sur ce beau visage, que ce devait être des pleurs de bonheur. L'enfant reçut le nom de sa mère, et se nomma Marie.

Au moment de sortir, madame d'Egmont se trompa de porte; elle leva les
yeux sur tout ce luxe qui l'environnait,
mais ils se baissèrent aussitôt : elle avait
reconnu Léonie, qui vint à elle, lui témoi-
gna une joie si sincère de la retrouver, fit
tant d'instances pour l'engager à la
visiter, que la bonne Marie promit de la
revoir.

Marie était fille d'un peintre distingué;
elle vit chez son père un jeune artiste,
son élève, Alfred d'Egmont, qui, malgré
toutes les distances qui existent entre une
famille noble et riche et une pauvre,
l'épousa...

Ce mariage contracté malgré la volonté
de ses parents, M. Alfred d'Egmont s'en
vit renié, abandonné; et le père ne par-
donna pas à sa fille de l'avoir quitté
pour entrer dans une maison qui avait
humilié sa fierté d'artiste... Il fallut donc

penser à se créer une position, un
avenir ; et ce ne fut qu'après deux années
de travail, d'angoisses, de pénibles sup-
plications, qu'Alfred d'Egmont obtint un
poste périlleux, mais lucratif, à Alger,
poste qui ne lui fut pas longtemps confié,
car il mourut peu de mois après son arrivée ; et ce fut au milieu de tous ces
malheurs que naquit la petite Marie, pauvre ange qui ne devait jamais connaître
celui auquel elle devait le jour.

Madame Léonie de Fabian revint voir
Marie d'Egmont ; soit feinte tendresse,
soit véritable affection, elle fut très sensible au malheur de son amie ; elle lui
offrit de vivre chez elle et d'élever ensemble leurs enfants, Charles et Marie ;
la pauvre mère y consentit, et dès-lors la
plus douce intimité s'établit entre elles.
Les deux amies ne se quittaient plus ; en
grandissant, les enfants s'aimèrent bien

vite. Leurs mères mêmes cherchaient à propager dans leurs enfants l'amitié qui les unissait. Charles ne pouvait rester un instant sans Marie, qui, de son côté, n'était gaie qu'avec lui. C'étaient les mêmes jeux, les mêmes folies; tout en eux était sympathie. Ils étudiaient ensemble leurs grandes lettres dans le même alphabet. A la promenade ils ne se mêlaient pas aux divertissements des enfants de leur âge; ils jouaient ensemble, leur intimité leur suffisait. Si Charles se rendait coupable de quelque faute et que sa mère l'en grondât, Marie faisait une petite moue charmante et courait vite mêler ses larmes à celles de son ami. Si Marie avait du chagrin, Charles était inconsolable ou il s'accusait hardiment des sottises de Marie, pour lui épargner une gronderie ou une punition; et quand tout était pardonné, c'étaient des cris de joie,

des baisers, des caresses sans fin ; c'était
à qui prouverait le mieux sa tendresse à
leur mère. Marie s'asseyait sur les genoux
de madame de Fabian, de ses deux petits
bras lui faisait un collier, tandis que
Charles, en grimpant sur les meubles,
parvenait à lui placer une fleur dans les
cheveux.

Ce fut au milieu de mille jeux et de
quelques études que se passèrent les premières années de l'enfance, rapides et
heureuses. Charles venait d'atteindre sa
dixième année, sa mère avait déjà bien
souvent manifesté le désir de le placer
dans un collège, pour y commencer de
sérieuses études ; mais les enfants avaient
tant pleuré à cette nouvelle, avaient tant
prié qu'on ne les séparât pas encore,
qu'elle y avait consenti. Mais madame de
Fabian ayant eu une assez vive discussion
avec madame d'Egmont au sujet de leurs

enfants, prit subitement la résolution
d'éloigner Charles d'une affection qui
commençait à lui déplaire, en menaçant
de grandir encore avec l'âge. Peut-être
faisait-elle déjà de brillants rêves pour
son fils...

Ce fut donc par un ordre sévère de
madame de Fabian que Charles fut conduit au collége, le cœur bien gros de
sanglots. Les premiers jours furent passés bien tristement : aux heures de ré-
création, il pensait à Marie; il écrivait
sur tous ses cahiers : J'aime Marie; enfin,
en dormant, il rêvait toujours à sa chère
petite amie...

Mais Marie, la pauvre enfant, était
restée seule; elle avait, plus que lui encore, été frappée du départ de Charles;
rien ne pouvait en distraire sa pensée,
même l'étude. Sa mère, pour distraire sa
douleur, essayait de lui en parler; mais

elle se jetait dans ses bras, sans pouvoir retenir ses pleurs. Le soir, dans sa simple prière, elle demandait à Dieu de conserver la santé de Charles, et qu'il ne l'oubliât pas. Cependant les belles couleurs de Marie s'effaçaient de ses joues; elle ne jouait plus, sa grande poupée même était délaissée; elle travaillait avec ardeur, et de rapides progrès attestaient de son courage et de son assiduité à s'instruire. C'est qu'elle avait remarqué le changement qui s'était opéré dans cette maison, et, sans pouvoir deviner la cause de la froideur qui existait entre sa mère et madame de Fabian, elle pressentait un malheur, et elle se disait : Nous aussi, nous partirons bientôt...

Madame d'Egmont avait compris tout ce que l'abandon dont elle était l'objet avait d'insultant. Elle fit ses malles, s'assura d'un appartement, et, profitant d'un

séjour de Léonie à la campagne, elle lui
écrivit une lettre froidement polie, et
partit le cœur brisé, en disant adieu à
cet hôtel où elle avait passé de si heureuses années.

Madame d'Egmont, en prenant posses-
sion de son nouvel appartement, songea
de suite à se procurer du travail.

— Chère mère, qu'as-tu? lui disait
Marie, assise à ses côtés; tu es pâle à
me faire peur. Oh! ne va pas mourir;
que deviendrait ta petite Marie, si tu l'a-
bandonnais aussi, toi? puis elle s'assit
sur les genoux de sa mère, et appuyant
sur son cœur sa jolie petite tête blonde,
elle laissait couler silencieusement ses larmes. Les caresses de Marie rappelèrent
madame d'Egmont à elle-même : elle se
vit malheureuse avec son enfant adoré;
sa résolution fut prise : elle mit sa dernière espérance dans le travail. Il était

alors de mode de porter des colliers et des bracelets de velours, des nœuds de soie, des rubans, des fichus. Elle se mit à fabriquer de ces objets de toilette, puis, en emplissant un carton, elle le remit à Marie, en lui donnant ses instructions.

Marie allait dans les magasins de nouveautés, offrant ses chiffons. La pauvre mère suivait son enfant des yeux, jusqu'à ce qu'elle ne l'aperçût plus; puis, revenant s'asseoir à sa table, elle reprenait son ouvrage.

Rarement Marie rentrait sans que son carton ne fût vide. Sa jolie figure tout empreinte de tristesse, ses manières distinguées d'un enfant bien élevé, intéressaient tout le monde, et, lorsque la petite marchande arrivait, on l'entourait, on la fêtait, on l'accablait de questions; mais elle répondait modestement aux interrogations trop directes, et revenait bien

vite, lorsqu'elle n'avait plus rien à vendre.

Un jour, Marie sortit plus triste que
de coutume : elle avait vu pleurer sa
mère. C'était un jeudi : elle portait une
parure de velours chez une dame, quand,
sur son passage, elle vit devant elle un
brillant équipage : les chevaux piaffaient
impatients sous la main qui les guidait;
un cocher en riche livrée, galonné d'or,
était sur le siége, et derrière, un chasseur
empanaché. Marie soupira et jeta un coup
d'œil sur sa petite robe de toile, sur son
tablier de soie noire, et hâta sa marche
pour passer sans regarder dans la calèche;
mais une puissance invincible y attira ses
regards. Mon Dieu! c'était madame de
Fabian, et à ses côtés Charles, son ami,
qu'elle n'avait pas vu depuis deux ans.
C'était bien lui, c'était bien Charles; et
elle suivit de l'œil la voiture qui l'empor-

tait. Des sanglots étouffaient dans sa poitrine, et ce fut tout en larmes qu'elle arriva chez la dame qui l'attendait, et qui, comme tout le monde, l'avait prise en affection.

— Mais, mon enfant, lui dit-elle, que vous est-il arrivé, dites-moi? Avez-vous perdu vos nœuds, vos dentelles? Craignez-vous d'être grondée de votre mère?...

— Oh! non, Madame, ce n'est pas cela; mais j'ai vu pleurer ma pauvre mère, ce matin, et...

— Elle est donc bien malheureuse?

— Oh! oui, Madame, depuis que Charles est parti... Charles, que je viens de revoir dans une belle voiture.

— Mais qui est Charles?...

— Eh bien! Charles de Fabian.

— Je connais beaucoup madame de Fabian; est-elle votre parente?

— Non, Madame, c'était l'amie de ma mère...

— Et comment se nomme votre mère?...

— Comme moi, Madame, Marie...

— Vous me dites toujours cela, mon enfant; mais votre mère doit avoir un autre nom?...

— Oh! oui, Madame; mais elle m'a défendu de le dire...

— Comment, aussi à moi?...

— Je vais vous le dire, à vous, Madame; maman s'appelle Marie d'Egmont.

— Marie d'Egmont, Marie!... Et la bonne dame, ouvrant rapidement la porte du salon, entraîna avec elle la pauvre petite tout émue et toute tremblante, et la jeta plutôt qu'elle ne la déposa dans les bras d'un grand vieillard aux cheveux blancs.

— Tenez, mon oncle, lui dit-elle, em-

brassez votre petite-fille; voici l'enfant
de Marie, dont vous pleurez l'absence
depuis si longtemps...

Et ce fut une émotion, une joie impossible à décrire que le bonheur de ce vieux
père. Il balbutiait, il tremblait, il pressait
son enfant sur son cœur; il baisait ses
beaux cheveux blonds; et de grosses larmes sillonnaient ses joues amaigries et
ridées. Enfin il put maîtriser son émotion.

— Ma fille, ma chère Marie, où est-
elle? que je la voie avant de mourir.
Merci, mon Dieu, de me l'avoir rendue.

Madame d'Egmont attendait Marie et
commençait à s'inquiéter de son absence,
lorsqu'une voiture s'arrêta devant la
porte, et elle entendit un valet demander
son nom. Une horrible pensée lui vint à
l'esprit : Marie n'était pas rentrée, il lui

était survenu quelque malheur. Sa fille
est peut-être mourante.

—Marie! où est Marie? dit-elle au
laquais qui montait chez elle; et derrière
lui, elle vit son père, dans les bras du-
quel elle tomba, en poussant un cri.

Les émotions de cette journée, jointes
aux privations, à toutes ces mille peines
qui se renouvelaient tous les jours dans
cette pauvre maison, avaient porté une
rude atteinte à la frêle et délicate consti-
tution d'une jeune fille de douze ans.

Le soir, une fièvre brûlante se déclara
et s'empara de la petite Marie; on la
coucha, triste et accablée; rien ne put
distraire sa sombre mélancolie. Sa pauvre mère s'efforçait en vain d'être gaie, de
sourire. Nous sommes heureuses maintenant, mon amour; c'est toi que Dieu a
choisie pour m'apporter tout ce bonheur.
Nous irons demeurer à la campagne, chez

ton grand-père ; tu auras un jardin rempli de fleurs, et tu les aimes tant !... Cher ange, rien ne nous manquera plus ; demande-moi toutes tes fantaisies, ta mère les satisfera toutes ; mais sois gaie, ma chère enfant...

Marie baisa la main de sa mère, qu'elle tenait dans les siennes. Une larme qu'elle retenait brilla sous ses paupières... Et Charles, mère, et Charles, je ne le verrai plus, lui !... oh ! non, jamais. Et puis, s'entourant des bras de madame d'Egmont, qui ne pouvait plus retenir ses sanglots, elle ajouta : Ne pleure pas, bonne mère, j'irai dans le ciel, et je prierai Dieu pour toi et pour Charles.

Pendant cette longue nuit, elle eut un délire affreux ; elle appelait sa mère, et toujours les noms de Charles et de Léonie s'échappaient de ses lèvres.

Madame d'Egmont, désespérée, écrivit

à son ancienne amie, et la supplia de lui
envoyer Charles.

Madame de Fabian était à la campagne ; Charles était parti avec elle ; ce ne
fut que quelques jours après qu'elle se
rendit aux instances de madame d'Egmont, accompagnée de son fils.

Marie n'était plus reconnaissable :
pâle, maigre, ses grands yeux bleus étaient
brillants de fièvre.

Madame de Fabian entra.

Marie se dressa sur son lit : une
douce rougeur de joie vint colorer ses
blanches joues; elle tendit en souriant
ses bras à Charles, mais elle les laissa
retomber aussitôt, en poussant un cri
déchirant.

Charles était resté froid et immobile;
il ne l'avait pas reconnue. Deux ans
avaient entièrement effacé Marie de son
souvenir; il l'avait oubliée !

On entendit un profond sanglot ; puis un silence glacé lui succéda. Marie ne soupira plus ; l'ange était au ciel : Marie était morte.

———

## LA PETITE FÉE.

Dans une pauvre mansarde du quartier du Temple, éclairée par une fenêtre sur une vieille cour étroite et enfumée, la misère étalait sa plus affreuse nudité.

Les débris d'un chétif mobilier étaient épars çà et là. Une vieille commode boiteuse, une table de noyer escortée de deux chaises dépaillées ; sur la commode un pot à l'eau avec son contenu durci et gelé par le froid, attestaient que le feu n'égayait pas souvent ces tristes lambris ; une couchette en bois peint, ornée de deux matelas et d'une mince couverture, dont la seule vue faisait grelotter par la bise qui soufflait ; un papier dont la couleur avait disparu tombait par lambeaux, et laissait à nu un mur brillant d'humidité ; une cheminée aux cendres froides supportait un étui à violon : c'était l'instrument de l'artiste, le gagne-pain du triste habitant de ce réduit.

Il venait de se lever : c'était un grand vieillard aux cheveux blancs argentés, aux yeux éteints par la souffrance ; une auréole violacée les entourait ; un front haut et large, mais sillonné de rides profondes, laissait entrevoir une âme expansive et généreuse ; et dans ses traits, dans sa démarche, apparaissait un air de dignité. Il était couvert d'une houppelande luisante de vétusté, mais encore propre, et mangeait, ou plutôt dévorait, en l'arrosant de ses larmes, le reste d'un pain de la veille. Musicien d'un orchestre de concert qui venait de fermer, le vieux Daniel se trouvait sans ressources.

Il sortit, attendant son pain de la Providence, puisque tout secours humain lui manquait.

Il courut de théâtre en théâtre offrir ses services ; mais nulle part il ne trouva une place vacante ou rétribuée de suite. Il fallait un surnumérariat de quinze jours ; il fallait subir un examen ; enfin, mille causes de retard : et cependant il fallait vivre, il fallait manger.

La nuit venue, il rentra désespéré, mais toujours soutenu par sa foi en Dieu. Demain, disait-il, demain je serai plus heureux, je trouverai peut-être quelque emploi. Espérance ! Il arrive à sa maison, monte péniblement les cinq étages. Le voilà à sa mansarde, il ouvre, il entre, et s'arrête étonné sur le seuil.

En face d'un grand feu qui pétillait dans l'âtre, sa petite table se dressait coquettement parée d'une serviette blanche, luxe inusité pour elle, et chargée d'abondants comestibles qu'éclairait une bougie dans un flambeau doré.

— Est-ce un rêve, mon Dieu ! suis-je bien chez moi ? Ne me trompé-je point ? Ma pauvre tête m'a sans doute égaré dans ce dédale de corridors noirs et tortueux ? C'étaient bien sa vieille commode, ses chaises noircies et son cher violon dans son étui. Il ne douta plus, mais ce ne fut qu'en tremblant qu'il s'approcha du feu et de la table : son couvert était mis, et déposés sur l'assiette deux mots seulement : C'est pour vous.

— Oh ! qui que vous soyez, s'écriat-il, ange ou mortel, qui envoyez au vieillard une si douce aubaine, soyez béni. Et il se mit à table. C'était plaisir

8

de lui voir savourer ce poulet doré qui
s'étalait devant lui; quelques fruits, des
compotes, terminaient ce luxueux souper.
Quand il eut fini, saisi d'une soudaine
inspiration, il prit son violon, et, avec un
sentiment exquis de la musique, il rêva
une douce mélodie pleine de charme et
de mélancolie : c'était un élan de reconnaissance, c'était sa prière à lui.

Il s'endormit le cœur plein d'espoir,
voyant déjà dans l'avenir comme une
blanche étoile qui le guidait. Le lendemain, quand il s'éveilla, toute trace du
repas de la veille avait disparu. Il ne lui
en restait presque que le souvenir. Il
sortit dès le matin pour chercher du travail; mais ce jour-là encore il ne trouva
rien.

Il rentra le cœur rempli d'un sombre
désespoir. A la porte d'un hospice de
vieillards, on avait refusé de l'admettre,

il n'avait pas l'âge voulu. Cette faible
lueur qu'il avait entrevue la veille comme
un phare lointain s'éteignait tout-à-fait,
et le souper de la veille ne lui apparaissait que comme un songe doré. Il revint
à la mansarde; et là encore, comme le
jour d'avant, une splendide collation l'attendait; puis, sur son vieux fauteuil,
une modeste mais chaude houppelande,
un pantalon et un gilet de drap. Dans la
poche il trouva deux pièces d'or envelop-
pées dans un papier satiné. Oh! qu'ai-je
donc fait, s'écria-t-il, pour mériter tant
de bienfaits! quel cœur généreux a pris
en pitié ma misère! Ces vêtements, cet
or... Oh! pour l'or je le refuse, je n'en
veux pas, je n'ai jamais tendu la main.

Ce soir-là il ne put, comme il avait
fait la veille, dévorer le délicieux souper.
Sa tête était lourde, ses mains brûlantes,
un frisson faisait claquer ses dents, toute

la nuit une espèce de délire l'agita sur sa couche, et le lendemain, brisé par la fièvre, il ne put se lever.

La portière, inquiète de ne pas le voir descendre comme à son ordinaire, grimpa à la mansarde de Daniel; elle le trouva bien faible, assis sur son lit, pleurant son isolement et sa misère. Elle lui offrit ses services, argent comptant, comme toujours.

— De l'argent! s'écria-t-il, je n'en ai pas, vous le savez bien.

— Eh! mon Dieu! quand on n'en a pas, on en fait : vendez ce vieux crincrin, avec lequel vous déchirez les oreilles de vos voisins et voisines; c'est un service à vous rendre et à eux aussi.

— Mon violon! reprit Daniel; vendre mon violon, mon seul ami, mon vieux compagnon depuis trente ans! mais c'est par lui que j'ai supporté la faim, la

misère ; c'est lui qui amusa mon jeune
âge, lorsque riche et heureux je faisais
de la musique un doux passe-temps.
C'est encore lui qui m'a fait vivre, lorsque l'adversité m'eut frappé ; c'est un
souvenir du temps passé. Le vendre, oh !
jamais !

— A votre aise, dit la portière. Alors,
croyez-moi, ouvrez votre fenêtre et atten-
dez que la manne vous tombe du ciel.

Là-dessus elle descendit en gromme-
lant.

Daniel, resté seul, se laissa aller à
toute la tristesse de ses souvenirs. Son
enfance si douce, si exempte de peines,
se retraça à sa mémoire, et la comparaison d'un passé si délicieux avec le
présent si horrible lui arracha d'amères
larmes. Sa vie si féconde en douleurs, si
isolée, si inutile au monde, lui inspira
les plus sombres pensées. Tout-à-coup,

à son chevet il aperçut une jeune fille de douze à quinze ans qui, les yeux noyés de pleurs, le contemplait en silence. Un ange n'était pas plus beau qu'elle! De longs bandeaux bruns encadraient sa figure, et des yeux pleins de candeur se reposaient sur lui. Daniel joignit les mains, et d'une voix stridente :

— Etes-vous un ange ou une femme, vous qui venez visiter le pauvre délaissé? Oh! qui que vous soyez, vous qui par votre douce présence m'apportez le bonheur, soyez bénie!

Et il essaya de se soulever; mais la jeune fille, d'un geste le retint et lui présenta un bol fumant en l'invitant à le prendre; il y but à longs traits, et, lorsqu'il eut fini, la jeune fille avait disparu.

Le soir elle revint. Par où passait-elle? la porte était close, la fenêtre exactement fermée. Elle le lui expliqua ainsi, après l'avoir forcé à se tenir couché.

« Il y a quelque temps, en chiffonnant dans une armoire, je fis involontairement jouer un ressort, et un panneau s'ouvrit. Je fus d'abord effrayée de ma découverte : mais j'allai de suite en faire part à ma mère, qui ne sut me donner le motif de cet escalier secret. Un long couloir conduisait à un escalier à vis ; un jour, avec ma mère, nous nous aventurâmes dans ce couloir. Des sons parvinrent jusqu'à nous, comme ceux d'un violon ; je prêtai l'oreille et j'entendis une valse bien connue, mais jouée avec une expression admirable. Nous en restâmes là de notre découverte, ma mère et moi, le premier jour. Le lendemain, je fermai la porte de ma chambre, et, m'enhardissant, je grimpai l'escalier au hasard, sans savoir où il conduisait ; le cœur me battait si

fort que l'on eût cru que je faisais une
mauvaise action. En effet, ma mère
ignorait que j'étais montée. Après une
ascension de trois étages au moins, j'ar-
rivai à un panneau de boiserie. J'écoutai
et n'entendis que les battements préci-
pités de mon cœur; aucun mouvement
n'indiquait la présence d'un être humain;
je pensai qu'un ressort pareil à celui de
l'armoire devait exister. Je cherchai à
tâtons, pressai une détente, et le panneau
tourna sur lui-même. Je me trouvai alors
dans une chambre nue, froide; je soup-
çonnai que là habitait quelque artiste; et
après une rapide, mais suffisante inspec-
tion, je m'enfuis, craignant quelque sur-
prise. Je rentrai le cœur serré de tant de
misère, et la comparaison de mon sort à
celui de l'habitant de ce triste logis
m'inspira l'idée de lui être utile.

Je n'eus pas de peine à mettre ma

mère de moitié dans cette bonne action.
Elle fit prendre des renseignements chez
le concierge, chez la voisine, qui déplo-
rèrent le triste sort du pauvre musicien
sans place et sans pain. Je revins le lendemain, j'entendis vos plaintes et les ex-
pressions si touchantes de vos peines.
C'est ce jour-là que ma mère vous fit
préparer à souper, et je soufflais encore
le feu lorsque nous entendîmes vos pas
dans le corridor. Une seconde de plus,
j'étais prise : ce jour-là j'entendis ce
chant improvisé par la reconnaissance,
et dès-lors je me vouai à vous secourir.
Nous n'avons pu faire tout ce que nous
aurions voulu, mais vous me connaissez
maintenant, et les bienfaits anonymes
deviendront ceux de votre élève, car je
veux que vous soyez mon professeur d'ac-
compagnement. Demain vous recevrez les
propositions de mon père, et, en atten-

dant, acceptez cette modeste avance d'une amie dévouée. » Et elle lui tendit une petite bourse verte où brillaient quelques pièces d'or.

— C'est ma bourse, mais je vous l'offre de grand cœur. Cet or, gardez-le, il vous appartient, car c'est le prix de votre travail futur, et votre élève vous donnera sans doute bien des peines. Adieu donc, à bientôt, et avant que vous habitiez l'hôtel de mes parents vous aurez encore quelques visites.

— Adieu, petite fée bienfaisante qui as pris en pitié le malheureux, toi qui, par ta magique présence, as fait de cette mansarde un palais rempli de ton doux souvenir. Adieu !

Et la petite fée disparut comme un rêve; et le pauvre Daniel, pleurant, remerciait Dieu de tant de bonheur.

FIN.

# TABLE.

—

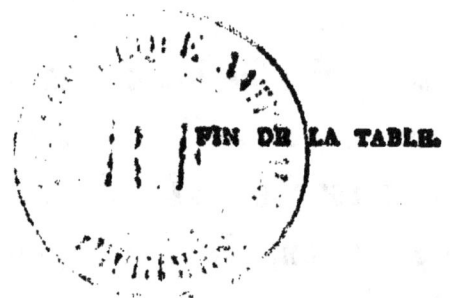

FIN DE LA TABLE.

Limoges. — Imp. E. Ardant et Cⁱᵉ.

Original en couleur

NF Z 43-120-8

www.ingramcontent.com/pod-product-compliance
Lightning Source LLC
Chambersburg PA
CBHW051554280626
47162CB00022B/2242